KB091825

그대 올 때면

삶의 현장 속에서 끌어내는 詩

시와글벗문학회 동인집 4집을 출간하게 되었다. 처음 몇 명 찻집에 모여 문학회를 결성하고 아주 미약한 상태에서 시작하였지만, 이듬해 봄 제1집을 출간하고 어느새 4집에 이르렀다.

우리말에 "시작이 반이다"란 말이 있다. 성경에는 "시작은 미약하였으나 네 나중은 심히 창대하리라"(욥8:7)는 말씀이 있다. 어느 단체이든지 처음부터 거창하게 시작된 모임은 없다. 비록 가진 것 하나 없이 미약하게 시작하였지만 시와글벗은 그 첫발을 이미 힘차게 내딛고 한 해에 두 권씩 동인집을 문단에 내 놓는 쾌거를 올리고 있지 않는가. 시작은 미약하였지만 쉬지 않고 발전하여 나중은 심히 창대할 것

임을 믿는다.

동인집을 거듭하면서 문학과 시詩가 있는 세상이 얼마나 아름다운 세상인지 새삼 깨닫곤 한다. 우리가 일상日常을 살며 많은 사람을 만나고, 많은 대화를 나누고 듣고 살지만, 그 모든 말을 다 문학적이고 시적詩的이라 말하지 않는다.

시인은 바로 그 왁자지껄한 삶의 현장 속에서 시를 끌어내는 사람이다. 자칫 스쳐지나갈 생활의 몸짓과 숨겨진 이야기, 그리고 적나라한 인생사를 함축적으로 표현하여 우리의 삶을 뒤돌아보게 하니, 시詩야말로 아름답고 귀한 예술 장르인 것이다. 동인집은 바로 그러한 시를 엮어 만든 작품집이기에 더욱 고귀하다 할 수 있겠다.

제4집에 작품을 상재한 동인들께 축하의 말씀을 드리며, 예술인으로서 시인의 자부심을 잃지 말고 작품성 있는 시를 짓기 위해 노력해 주길 당부 드린다. 아울러 동인집을 엮기 위해 노력을 아끼지 않은 출판사와 관계자 여러분께 이 자리를 빌려 감사의 말씀을 드린다.

2017년 가을을 맞으며
시와글벗문학회 회장 선중관 시인

CONTENTS

발간사　000

강시연

·月刊 ≪한맥문학≫ 신인작품상수상 시부문 등단
·시와글벗문학회 동인, 민주문학회 회원, 황금찬문학광장 회원
·문학활동 및 저서 : 시와글벗문학회 동인지 제4집 『그대 올 때면』, 『서
  향과 동행』, 『시가 있는 마을회관』, 『민주문학』 등에 작품 기고 및 공
  저가 있음

실타래 같은 비

엄마는
작아져 못 입는 스웨터 몇 개
한 올 한 올 풀어서
실타래를 만들어
커 버린 내 치수에 맞게
다시 새 옷을 지으셨다

잘 맞지 않는 사람 관계도
헌 옷 실타래 풀어
새 옷 만들 듯 그랬으면 좋겠다

차창 밖에는
시간을 풀어내듯 내리는
무수히 많은 실타래가 내린다.

홍매화

인고의 긴 시간
잔설을 이고
삭풍에 온몸을 떨면서

선홍빛 눈물
방울방울
사무치는 그리움 안고

얼마나 애타는
순정이길래
핏빛 그리움으로 맺혔는가

찬 서리 시린
이른 새벽
동녘하늘 별을 벗 삼아

임 향한 일편단심
봄 길목에 서서
맑고 깊은 향기로 수를 놓는다.

양파

양파 하나를
가로로 썰어 한 칸 한 칸 떼면

세상은 긍정적으로 살아야 한다는 듯
쟁반 하나 동그라미 가득하다

이어지지 않은
온전한 원은 뿌리에서 한 몸이 되어

겹겹이 동그라미로
뭉쳐진 둥근 성이 되었다

그 성, 맨 안쪽 깊은 곳에
여린 싹이 꽃대를 올려

아침 창가에
삐죽이 고개를 내밀었다.

새벽의 고요

아침으로 가는
새벽길에는
고요한 정적과 함께
하루가 한가득 채워져 있다

차박 차박
앞서 걸어가는
낯선 이의 축 늘어진
어깨 위로 네온 불빛이 무겁지만

하루를 정화하는
검푸른 새벽을 지나
아침이 깨어나면
말간 햇살에 무지개꽃 피고

참새들 소리
꽃이 움트는 숨결 속
회색빛 도시에는
새로운 꿈들이 또 노래할 거야.

노을

저녁이 되면 푸른 산도
쉼을 위해 어둠의 커튼 내리면

하늘은
커다란 붉은 전등을 켭니다

강가의 새들도
서둘러 둥지를 찾아가고

내 마음은 어린 새처럼
그대 품으로 달려가고 싶습니다

나의 쉼터 그대의 품,
숨결이 나를 반길 테니까요.

민어

어느 섬
횟집 앞 처마 밑
빨랫줄에 걸린 민어

내장도
부끄러움도 벗고
겨울 햇살에
꾸덕꾸덕 제 몸을 말리고 있다

본향이 지척인데
은빛 비늘 찬란히 유영하던
추억을 더듬으며
슬픈 파도 소리에 눈을 감고는

맑은 햇살
힘없는 토닥임 받으며
바다로 돌아가는 꿈을 꾸지만

어느 단란한 가정

저녁 만찬 찜으로 오를지
애주가 술안주 되어
갈기갈기 찢길지 너도 모를 거야.

막걸리

벼 베기 하는 날
새참을 자주색 고무 대야에
한 상 날라 왔었지

막걸리 심부름은
어린 내 차지
양조장까지는 꽤 먼 거리

뚜껑까지
뽀얀 막걸리 찰랑찰랑
한 모금씩 마시고

길가의 풀에도
목마름을 식혀 주었지

그 한 모금엔
아버지 냄새가 났고
달달한 뒷맛은 싫지만은 않았어

아버지 손에
도착한 남은 술은 칠 홉 정도뿐

아버지께선
"막걸리가 왜 이리 가볍냐"고
웃으시며 물으셨고
논에 어르신들도 모두 웃으셨지

난 차마 풀들과
나눠 마셨다는 말은 못 했어

그저 덥기만 하고
겸연쩍어서
얼굴만 붉어지는 날이었지.

그리움의 길

프러시안블루
짙게 채색된 하늘가
개밥바라기별 반짝입니다

어둠이 내려앉은
저수지 옆 논두렁
새 한 무리 날아오르고

미처 따르지 못한
새 한 마리 애처로운 울음만
허공을 타고 날아갑니다

흐르는 물길 따라
바람도 타고 가는 철길 따라
그리움이 흐르는 하늘가

개밥바라기별은
임의 말간 미소처럼
어둠 속에 초롱초롱 빛나는데

은하수 저 너머
그대 계신 그곳으로
홀로 우는 새처럼
마음만 날아갑니다.

그대의 문

그대 걸어 온
인생길 위에 감싸고 있는
하얀 와이셔츠 단추 열어 봅니다

숱한 인고의 강
건널 때마다 속울음 삼켰을
첫 번째 단추 하나

달콤한 솜사탕 같은
감미로운 사랑이 녹아들었을
두 번째 단추,

아~! 그리고
그대 마음에 들어갈 수 있는
세 번째 단추에 벨을 길게 누를래요

세상에 대한
편견과 선입견 모두 벗고
성문처럼 굳게 닫힌

그대 마음을 열어 주세요

성을 덮고 있는 가시덤불 헤치고
그대 성으로 들어갈게요

시련을 딛고 묵묵히
건너왔을 사막과
광활한 푸른 초원을 건너

목마름을 식혀 줄 맑은 샘물
싸늘한 가슴 녹여 줄 뜨거운 심장
이 모든 것
그대 안에 들어가 느껴 볼래요

전 그대를 흠모하는 여전사,
마음의 빗장을 풀고
어서 문을 활짝 열어 주세요
그대 가슴 안으로 들어가 꿈꿀 수 있게.

거리 풍경 · 1

우울한 샹송이
흐르는 거리
상가 광고 깃발이 펄럭이고

건널목 옆
신호등 다리 난간엔
청테이프도 비늘을 세우고

가로등 허리엔
구인광고 전화번호가
이빨 빠진 채 차례를 기다린다

신호등 옆
축 처진 어깨, 그늘진 얼굴들
암울한 표정으로 내일을 향하는데

세상의 소식은
연신 그네들로 도배 하고
홍수처럼 어지럽게 마구 쏟아놓는다

어느 별에는

희망의 촛불 물결이 강물처럼

흐른다는데……

버스 정류장에서

진눈깨비
종일 내리다가
차가운 비가 되어 내린다.

고인 빗물엔
그리움의 파문波紋이 일고

내 마음 블랙홀처럼
동그라미 파동波動 속으로 들어간다

무수한 빗방울 따라
그대의 웃음소리
다정한 목소리가 퉁겨져 온다.

버스가 온다
환영幻影에서 금방 깨어나
빗물 속에서 현실로 날아오른다.

버스를 기다리는
짧고도 긴 십 분 동안 네 생각 속에서.

김맹한

· 아호 : 녹아綠芽
· ≪청일문학≫신인문학상수상 시부문 등단, ≪한국문학작가회≫ 수필
부문 신인상수상
· 시와글벗문학회 동인, 청일문학사 (전)부회장, 한국문학해변시화전 공
동부회장, 청일문학문인협회 정회원
· 문학활동 및 저서 : 청일문학 명시선집과 시와글벗문학회 동인지 제1
집『그대라는 이름 하나』, 제2집『문장 한 줄이 밤새 사랑을 한다』, 제
4집『그대 올 때면』, 한국문학작회『꾼과 쟁이』 공저가 있음

백련白蓮

성못길

한겨울의 조선소

노인 병원의 하루

동토凍土의 땅

미륵산彌勒山

불면不眠

아내를 생각하며

심근경색心筋硬塞

안개비

설중매雪中梅

백련白蓮
- 옛 친구 황진화백을 생각하며

푸른 꿈 큰 떨기 가슴에 안고
곱게도 여민 가슴 순백의 자태
거친 숨소리 파도처럼 다가와도
곧은 절개 대숲에 머물러라

서리꽃 하얀
들길에서 만난 벗이여
그대의 웃음이 내 가슴에 맺혀
아련한 추억을 풀어헤쳐
널브러진 여정에 꽃잎 하나
각인된 동반의 조약돌

인고의 세월
견디며 곱게도 피어구려
그 푸른 청운의 나래 짓
청순하고 하얀 연꽃 한 송이
머금은 웃음으로 다가온 그대여
오늘도 나는 그대 향한 나래를 편다.

성묫길

할아버지 계신 곳 산속 저택에
햇살이불 녹초자리 그윽한 향기
가시던 날 만장행렬 십리 길
하늘 아래 공덕은 세인을 울렸다

허리 굽혀 농사지으시고
칠 형제 다독이고
팔 남매 양육하여
노심초사 세상에 세우셨다

바람 불면 어쩌나
비가 오면 젖을세라
가슴에 저민 애간장
그 속 내 속만 같아서라

사람의 마음 썩는 냄새
그것이 세상에 나오면
그윽한 향기 되어 펼치니
후인이 어찌 그 마음 잊어라

눈물로 당신께 절 올리고
돌아서는 걸음이 이토록 무거울까
당신의 끝없는 낮춤이
어리석음을 지나쳐도
이제는 그 향기 더 높이 풍겨라.

한겨울의 조선소
- 대한민국의 어지러운 고뇌를 안타까워하며

차고 매운바람은
바다에 족적을 남기고
매섭게 달려와
전깃줄에 걸려
슬픈 곡조로 울어 댄다

온기를 남긴 연기는
조선소 지붕 위에서
급히 흩어져 몸을 숨기고
추위에 떨며 작업장을 지키는
목선 한 척은 찢어진 옷깃을
움켜잡고 자리를 지킨다

피를 토하듯 뱉어내는 갈매기 울음
고달픈 노래는 허공에 맴을 돌고
대양의 푸른 꿈은
속절없이 얼어붙어
그 울부짖음 선수船首에 걸고
꿈으로 세운 솟대

반란의 삭풍은 율법을 벗으나
천년 송 정수리를 뜯어 먹고
마파람 따뜻한 온기는
민초의 뿌리에 봄을 부른다.

노인 병원의 하루
- 노인전문병원 중환자실에서

초점 잃은 눈자위
창백한 얼굴 위로
흐르는 엷은 미소
외로움의 화신인가

파르르 떨리는 손
만져보니 허깨비
미련처럼 흐르는
세월의 잔사殘渣

한 바가지 눈물로
열정을 설워하고
눈물 두 바가지
고별의 넋두리

오늘 해도 서산을
붉게 물들이고
기나긴 산 그림자
밀려오는 고혼孤魂

동토凍土의 땅
- 허물어져 가는 대한민국의 한 조각을 움켜잡고

하이얀 목련꽃이
부시도록 곱게 피었습니다
춘삼월이 지나도록
봄은 오지 않아 세상이 온통
얼어붙어 슬피 웁니다

역풍逆風의 칼날 위에
진리와 정의는 피를 흘리고
나뒹구는 꽃잎의 무덤 위에
싸늘히 식어가는 민초의 눈물
역풍은, 살아서 숨을 쉬는 모든 것을
동토의 땅속으로 가두어 갈 것입니다.

미륵산彌勒山

하늬바람 솔솔 이마를 날리며
천년시름 깊은 솔 그늘 향기 높고
보리심 한 아름 속세에 흩날린다

염천炎天에 타는 불꽃 섬돌아 넘실대고
앞서거니 뒤서거니 밀려드는 섬 무리
비췻빛 바닷길 미륵으로 흐른다

솔섬의 학들도 오수午睡에 졸고
욕지의 사슴은 연화에 한가롭다
오비의 까마귀 장군봉 서설에 높이 날고
여윈 달빛 장월長月의 바다에 잠긴다

애 닳은 천년세월 기다린 할미바위
돌아올 기약 없는 바닷길 멀기만 하다
굽이굽이 물결 높은 한 많은 세월
파도에 쓰라린 멍, 텅 빈 가슴

미래사 편백나무 향기 높은 법정선사

햇살 좋은 용화사 청정도량 통천通天하고
끊임없는 염불은 구천을 감응感應하는구나
관음암 맑은 기운 득도得道의 고뇌
전설 속 도솔암 깊고 깊은 자비의 성

· 미륵도彌勒島 : 통영시에 위치한 섬. 통영 시내와는 통영운하를 사이에
둔 최단거리 섬으로 해저터널과 통영대교와 충무교로 이어진 곳.
　미륵산彌勒山은 미륵도의 가장 높은 산이며 해안선의 굴곡이 아름답고
어패류의 양식으로 미래 한국 수산업의 선두주자로 이름이 알려졌다. 최
근 케이블카가 산 정상과 연결되어 많은 관광객이 왕래한다.

불면不眠

삼경三更을 지난 달빛은
창가를 서성이고
수많은 별빛은
그리움이 된 마음의 질곡桎梏

까만 허공을 달리는 시선視線은
상념想念의 늪으로 빠져들어
긴 시간을 배회徘徊하는
고혹蠱惑의 시간은 말이 없다

적막을 누비는 공간은
뼛속 마디마디 훑어 내리고
늙어빠진 상념은
황량荒涼한 새벽을 달린다.

아내를 생각하며

사흘이 멀다 않고 병원 문 드나드니
삭아빠진 노구老軀의 고달픈 해가 저문다
어이타
당신 모습이 눈물 속에 잠기나

한평생 마다않고 나 하나 바라보며
인욕忍辱의 그 길을 승화昇化한 자비의 미소
오늘은
당신의 모습 눈에 밟혀 울었소.

심근경색心筋硬塞
- 진주 경상대학교 병원 심혈관시술을 마치고

숨을 갉아먹는 시간의 공간
희미한 가로등 낙엽의 사리舍利
별 보석 비취빛 바람의 시달림
끝없는 시간 여울의 싸늘한 윤슬
한 올 기다란 흔적은 어둠의 족적足跡

간간이 들려오는 아픔의 뱃고동 소리
처절한 파도는 살점을 녹여 삼킨다
혼미한 설원雪原에 가물대는 불빛
힘에 겨워 나뒹구는 삭막한 혼불
되돌릴 수 없는 저승의 갈림길

생명의 물길을 뚫어 이은 의예醫藝
환생의 시간은 새벽을 뚫어 내리고
한낱 외로운 시간을 잠재우다
수줍은 멍울은 푸르디푸른 창공
한 점 거리낌 없는 흰 구름 한 조각
한 해 두 번 피는 꽃이라네

안개비

세 치 앞을 뒤덮은 안개
한 걸음 앞을 예측할 수가 없다
이토록 내리는 안개비는
아무도 모르게 스며들어
옷 속 살결 한없이 젖어도
너 때문인 줄은 알지 못한다
이 젖은 몸으로 한 치 앞길을 가늠할 수 없으니
어떻게 이 길을 가야 할까?

오늘 이 길이 이토록 힘에 겨워
실루엣처럼 아련히 다가오는 그리움만
허공에서 신기루 되어 말이 없고
햇살 가득 내 텃밭 내려 쬐일 날은
역사의 기억 속으로 사라져 가는데
알 수 없는 이길 안개비 눈물 속
공포의 길 위에 젖어 내린 마음 흐르니
곧은 마음 곱디곱게 간직하여
바른길 굽힘없이 한결같이 가시옵소서.

설중매雪中梅

살포시 내려앉은
백의白衣의 숨결
칼바람 흰 눈 속
향기 더 높아라

입춘 지난 설중매雪中梅
햇살이 고와라
분단장 고운 맵시
올망졸망 멍울져
가지마다 걸렸는데

터지도록 부푼 가슴
기다림만 쌓이고
임 오시는 길
지난해 이맘때
오늘일까 내일일까

김혜정

· ≪계간문예≫신인문학상수상 시 등단
· 낭송가 문인협회 수료
· 시와글벗문학회 동인, 시와수상문학, 다솔문학회 회원
· 공저 : 시와글벗문학회 동인지 제4집 『그대 올 때면』, 다솔문학회 동인
　지 『초록물결』 제1, 2집 참여

그대 올 때면

눈이 내립니다
그대가 올 것 같아
나는 겨울 숲 한 그루 나무처럼
그대를 기다립니다

그대를 알고부터
길어진 목, 하염없는 시간
사랑의 의미를 배웁니다

그대를 사랑하는 동안
헛된 욕심과 보잘것없는 욕망을
내 삶의 골짜기에
깊이 묻어야 함을 압니다

그대 올 때면
가슴 벅찬 함박눈
온 몸을 덮어줄
사랑으로 오시옵소서.

초록 한강

햇살에 반사되어
살랑거리는 초록빛 바람
텅 빈 가슴
포근하게 감싸준다

눈앞에 보이는
모든 것들이
서로의 시선을 마주치며
손짓을 할 때마다
강물도 치맛자락을 들친다

유람선 뱃고동 소리가
사람들 틈을 지난다.

파란 하늘과
유유히 흐르는 강이
하나가 되는 오후
나는 한 점 햇살이 되어 흐른다.

참외

노란 주름치마
배꼽이 불뚝 튀어나와도
예쁘다는 소리를 듣는다

햇살 간지러운 밭이랑에서
달콤하고 아삭한 꿈을 키우면
세상은 온통 노랗지

밤이면 달님도 찾아와
은은한 빛 뿌리는
수줍은 미소

별 총총한 여름밤
주름치마 벗겨지고
하얀 속살 향기롭게 다가오면
입술 가득 퍼지는
이 행복.

회상의 봄

잔설도 녹아버린 산언덕
나뭇가지 사이로 웃음 짓는 꽃눈
바람 불 때마다 춤추는 푸른 물결

냉이 꽃은
온종일 허리춤을 추며
노랑나비 흰나비 애를 태우고

하품하며 피는 꽃망울은
옛날 애인처럼 말을 건다
그렇게 서 있으면
외롭지 않으냐고

기다리고 있다
모시적삼 다려 입고 찾아올
그 임.

수액을 맞으며

갈취당한 육신
수액으로 채워보지만
숨길 수 없는 욕망은
외출을 한다

눈꺼풀 내려앉아 흐릿한 눈
시야에 들어온 물주머니는
똑똑 리듬을 타지만
들리지 않는 메아리

한숨 자고 일어나니
텅 빈 주머니
내 몸을 적시고 피어난 백합꽃
환한 그 미소 향기롭다.

그 언니의 집

언니의 숨결이 느껴지는 곳
거미는 오늘도 집을 짓고 있다

허름한 장독대
슬픔만 뽀얗게 쌓인
낡은 평상은 다리를 절고

몸 버린 찬장은
반쯤 쓰러진 채 신음 중이고
봇물 터지듯 흐르던 수돗물
녹난 숨구멍에 막혀
고개 꺾인 채 신음 중이다

언니 잃은 강아지는
바람 소리 날 때마다 귀를 쫑긋
점점 야위어 가는데

익순 언니가 머물던 그 집
새털구름만 가득
눈물 빛으로 아련하다.

나무 그늘이 되어

나무 그늘이 되어
당신을 쉬게 하고 싶어요
귓가에 속삭이는
미풍이 되어

푸른 향기 풍기는
삶의 이야기 걸어놓고
오래오래 머물고 싶어요

단풍이 물들어 가듯
가슴 가득 물들이는 밀어
나이테처럼 그려놓겠어요
당신 곁에 머무는

나무 그늘이 되어.

그네를 타면서

바람 세차게 부는 날
아이가 타던 그네에 앉아
푸른 물결 춤추는 창밖을 보네

흔들리는 그네에
한 몸이 되어 흔들거릴 때마다
반짝반짝 떠오르는 추억들

초록의 풍경 속에 빠져
아득히 먼 여행을 떠난다
어릴 적 학교운동장에
덩그러니 서 있던 철 그네

하늘 높이 오르던 그 시절
단발머리 나폴 거리던
그 소녀가
지금 추억의 그네를 타고 있네.

인연因緣이라는 이름

만남이 더 슬픈 가슴
찢어진 가슴으로 바라볼 인연
내세來世의 연緣을 빌어본다

억만 겁의 업보業報를 거쳐야
만나는 생生의 한 자락
깊은 산사의 목탁 소리
계곡을 물들이고

붉게 타오르는 가슴 속 밀어
허공으로 산산이 흩어진다

어느 인연으로 만나야 모든 것을
버릴 수 있을지
못다 한 생 속에서 버리지 못할
곱디고운 연緣.

바위

나에게 다가온
애증의 세월만큼

감당할 수 없는 무게
어찌해야 하나

무릎 꿇은 가슴에
오직 침묵으로
대답하는 너

내 사랑이 무너진 자리
홀로 선 영혼

구겨진 그리움

잿빛 뿌옇게 웅크린 하늘
무겁게 가슴으로 내려앉은 날
어머니 사진을 본다

따뜻한 품에 안겨
어리광도 부리고
바라보는 눈 맞춤 속에
잠들고 싶다

종잇장처럼 구겨진 추억들을
아무리 다림질하여도
퍼지질 않는 아픈 기억들

어머니가 보고픈 날
훌쩍 가보곤 했던
어머니 계신 곳

푸른 옷을 입으신
어머니는 말없이 빙그레
웃고 계시겠지.

선중관

·아호 : 향로香爐
·≪문학공간≫신인문학상수상 시 등단, ≪창조문학≫수필부문 신인문학상수상
·시와글벗문학회 동인회장, ㈔한국문인협회 회원, ㈔시인연대 이사, 한국크리스천문학가협회 회원
·저서는 시집 『삶의 덧셈 뺄셈』, 『그리움도 사랑입니다』, 『바람이나 인생이나』 시와글벗문학회 동인지 제1,2,3,4집 외 에세이집과 공동저서 다수 있음
·2011년 한국 명시선 100인 선정, 2014년 한국을 빛낸 시인 선정

사랑의 힘

사랑, 그 가치價値 하나로
세상 모든 것을 얻은 기분이고

사랑, 그 흡족함으로
잡다한 욕심이 사라지고

사랑, 그 샘솟는 기쁨으로
마음의 평안을 누리게 하네.

행복은

행복은
외부에서 취할 수 없으니
돈으로도 못 사고
학력과 명예로도 얻지 못하고
권력으로도 거머쥘 수 없다

행복은
대가代價를 주고 얻는 것이 아니라
내 마음의 텃밭에서
감사의 호미로 일궈 가꾼
기쁨의 산물이기 때문이다.

길에 대하여

길을 거닐 때 지나온 길을 돌아보며 여유롭게 가야 할 길이 있고, 망설이거나 뒤돌아보지 말고 가야 할 길이 있다.

굽이진 산길을 갈 때는 지나온 길을 자주 돌아봐야 한다. 무심코 지날 때는 보이지 않던 작은 꽃과 풍경, 그리고 지나온 자신의 발자국을 볼 수 있기 때문이다.

외로이 결정을 내리고 목표가 정해지면 서슴지 말고 가야 할 길이 있다. 그 누가 뭐라 든 목표를 향해 뒤돌아보지 말고 가야 할 길.

삶의 길은 이렇듯 굽이진 산길이기도 하고 홀로 가야 할 고독한 길이기도 하다.

나이가 생각나지 않는다

나는
나이가 생각나지 않을 때가 있다
나이를 헤아려 볼 일이 없어
나이를 잊고 산지가 오래되었다

언제부터인가
20대 청년 젊은 아들의 옷장을
유심히 들여다보며
쇼핑몰에서 비슷한 옷을 주문하고
청바지와 면바지를 입기 위해
뱃살을 다스리고
근력 운동을 하고
산을 오른다

아이돌의 노래를 즐겨듣고
팝송과 세미클래식에 심취하고
나보다 나이 어린 사람과
격의 없이 친구로 지내다 보니
나는 언제부터인가

내 나이를 잊어버렸다

나이를 잊고 산다는 것
아마도 그것은
허다한 삶의 짐 중에서
가장 중압감이 큰
무거운 짐 하나 내려놓는 일일 터
그렇게 나는 계속
나이를 잊어버린 철부지로 살아갈 테다.

브레이크^{brake}

자동차나 기계 등의 운동을 정지시키거나 속력을 떨어뜨리기 위한 제동장치制動裝置 브레이크. 어쩌면 이 브레이크는 달리는 기능보다 더 중요한 기능이 아닐까. 만약 달리기만 하고 정지하지 못한다면 그 결과는 충돌이라는 끔찍한 사고에 직면할 테니.

인생길에도 브레이크를 밟아야 할 때가 있다. 그만 하라고, 그만 쉬라고, 여기서 적당히 멈춰 서라고 여러 경로의 신호가 오고 있다면 주저 없이 브레이크를 밟아야 한다.

충돌과 파멸을 피하기 위해서 밟아야 할 인생의 브레이크. 그 브레이크를 밟고 천천히 자신의 주변을 세심히 살펴보아야 한다.

달팽이

달팽이 한 마리
풀 섶을 지나네
커다란 짐 하나 등에 지고
느릿느릿 고난의 행진

그러고 보니
내 등에도 짊어진 짐이 많네
돈, 명예, 직위, 감투, 학력,
가정과 자식, 탐심과 욕정 등등

떼고 싶어도 뗄 수 없는
등짝을 억누르는 무거운 짐
저것들을 지기 위해
얼마나 많은 피 터지는
행군을 했던가

달팽이나 인생살이나
짊어진 생존의 짐은
매 한 가지.

무심의 궤도차

좀 천천히,
느릿느릿 갈 수 없을까
가속 페달을 조작할 수도
브레이크를 제어할 수도 없는
무한질주형 궤도차인가
쏜 살처럼 냅다 날아가다니
여태껏 앞만 보고 달려온 인생
이제 쉬엄쉬엄 갔으면 좋으련만
지친 나를 싣고 빨리도 달리는구나
한 번 올라타고 나니
정거장도 휴게소도 없이 달려가는
세월이라는 이 무심의 궤도차.

폭포

떨어지는 물줄기 속엔 그냥 물만 있는 것이 아니라 자연의 이치理致가 담겼다. 높은 곳의 물이 아래로 떨어지기까지 수증기로 기화하고, 공중을 떠돌다 비가 되어 땅을 적시고, 땅속의 수로를 통해 높은 산까지 이르러 핏줄처럼 솟구쳐 올라 샘물이 되어 나온 것이다. 그러니 그 여정이 얼마나 힘들고 험하였을까.

자연은 무엇이든 그렇게 자기의 그림자를 분명히 남긴다. 존재하는 이유와 존재의 가치가 분명하다. 그리고 주어진 그 몫을 톡톡히 해내고 있다. 사람도 그 자연의 일부이기에 존재 이유가 있다. 존재의 가치와 실존의 이유, 만약 그것을 모르는 사람이 있다면 폭포수 앞에 서서 떨어지는 물줄기를 맞아 볼 일이다.

첫눈

첫눈은 언제나
아련한 추억을 동반하네
사뿐히 내리는 눈처럼
기억의 포말들을 하얗게 펼쳐 놓아
오래된 약속 하나를 그리게 하네

첫눈 오면 만나자던 풋 약속
딱히 못 나갈 이유도 없었는데
망설이다 지나친 약속
첫눈이 소리 없이 내리는 날이면
파기한 그 약속이
하얀
눈처럼
생각의 단을 쌓네

그리움의 끝

그리움에서 벗어나기 위해
바람 새 찬 둑길을 걷지만

그리움을 벗어버리기 위해
높은 산정에 오르지만

결국
벗지도 못하고 벗어나지도 못한 채
더 큰 그리움을 안고 오네

그리움은 잊는 게 아니라
가슴 속에 고이
접어두는 것이기에
그리움의 그 끝은
은밀한 내 가슴 속이기에.

대한민국의 꽃

세상의 모든 꽃이
슬픔을 안고 피운다지
그러나 무궁화
네가 겪은 슬픔에 비할까
눈을 멀게 하는 꽃이라며
우리 민족의 긍지를 닮았다며
씨를 말리려 했던 일본인들의 탄압
이제 그 서러운 눈물이
삼천리 방방곡곡 소리 없이 내려앉아
대한민국의 꽃이 되었지
내 나라 국화國花가 되었지.

오광진

· 아호 : 청강靑江
· ㈜한국문학작가회 신인상수상 시등단
· 열린동해문학 2016년도 작가상
· 시와글벗문학회 동인, ㈜한국문학작가회 정회원, 다솔문학밴드, 들꽃문학회, 시와달빛, 열린동해문학회 회원
· 문학활동 : 전)충남일보 기고작가, 전자책 파란풍경마을 필자, 시와글벗문학회 동인지 제4집 『그대 올 때면』, 꾼과 쟁이7, 나들목의 향기, 내 마음의 풍경소리, 달빛을 줍는 시인들, 한국대표서정시선7, 초록물결2 등 공동저서 참여

땅의 눈물

살을 찢는 고통 속에
싹을 키우고
쑥쑥 자라는 모습 보며
비바람에도 그 자릴 지키고 있네

아픈 눈물은
새싹의 갈증을 씻고
자식을 위해 헌신하는 임이여

땅은 나의 본질이요
난, 눈물을 파먹고
이 땅에 우뚝 서 있는데

임은 점점
검게
메말라 가네

보고픔

산에 가신 나의 임
산집 지으시고 그곳에 누워 계시네
무거운 짐 맡기시고 떠난 미운 임
사진 보며 그리워하네

홀로 남은 기러기
성치 못한 육신의 고통
지팡이 되어 길을 밟아주고 있지만
임 계신 것만 하겠소

눈가에 걸린 붉어진 노을
임 곁에 머물러
못다 한 효도 하고 싶지만
고개 숙인 할미꽃은 내 마음이려나

임 떠나네

떠나네
상큼한 향기가
봄을 만들어 왔기에

떠나네
아름드리 꽃이
화사한 햇빛을 쏘기에

떠나네
벌과 나비의
날갯짓에 봄바람 불기에

떠나네
세월이 달력의
숫자를 바꾸어 놓았기에

시와 인생

이래라저래라
쥐뿔도 모르면서 잔소리

세상사는 법
딱히 정해진 것 없거늘
수학 공식 풀듯
정답인 양 주절주절

인생이 수학이면
우리는 컴퓨터가 되어야겠지

인생의 참맛, 시처럼 창조하는
기쁨을 찾는 거겠지

그것이 옳다 그르다
누가 뭐라 할쏘냐
지킬 것만 지키면 되는 것이지
내 속도 모르며 함부로 말 말아라

남 하는 것 쫓아가는 편한 삶이
내 인생이 아닐진대
고달파도 내 갈 길 가리라
난 남이 아니고 나이기에

세월호

힘차게 출렁이던 너울은
너를 가두고
암흑 속에 묻힌 1,073일의
아름다운 꽃들은
살지 못한 청춘의 눈물로
바다를 채우네
보고픈 어머니, 아버지의 한을
담아 고이 잠들었네

가엾어라
꽃 한번 피지도 못한 채
깰 수 없는 잠에
눈을 감지를 못하네
이젠 세월에 묻혀버린
아스라한 기억 속에
슬픔은 건져내고
아픔은 묻는다.

삵의 가족사랑

바스락 소리에 쫑긋 귀를 세우고
살그머니 다가가
미동도 멈춘 채 숨을 고르네

긴장을 몸에 두르고 다가간 전쟁터
널브러진 자갈마저
소리를 잠재운 사장실

사장의 호통에 눈 찔끔 감고,
전쟁 속에 뛰어든 비수는
허공을 가르네

가족을 위해 내던진 만신창이
한 줄의 숫자 꾸러미에
가족은 웃고 있네

단추의 추억

엄마가 소리치며
구들장과 싸움을 한다

아버지 찾아
문을 여니 어둠 속에
플라스틱 동전만 빛나네

한 움큼 집어
발로 퇴근한 약을 부르고
엄마의 웃음을 샀다.

비워야 산다

살기 위해 꾸역꾸역
억지로 밀어 넣어
원기를 찾으라 하건만,
도대체 너란 놈은
왜 그리 심술이 많은 것이여
거지같은 뱃속
비워야 살 수 있는 아이러니
허기진 배와
깊숙이 파고드는 인슐린
작은 촛불 지키네

어항 속의 물고기

유유자적 움직임 속에
한가롭고 평화로운 일상

고민과 기쁨 없는
무심한 몸짓은
살아가는 의미를 잃고
그저 세월만 갉아먹지만

반면, 세찬 물줄기의 물고기는
떠내려가지 않기 위한
찢어지는 고통
살겠다는 삶의 의지
숨차 오르는 힘겨운 몸짓으로
물살을 거슬러 오르고

비로소 다다를 때
기쁨과 평화에 머물러
나의 삶을 찾는다

불면증

긴긴밤 어둠에 갇혀
하얀색을 칠하고
고요한 적막은 친구가 되어
잠을 쫓네

무거운 눈은 껌뻑이며
밤을 밝히고
온갖 상념은 허공에 떠돌며
왔다 갔다

과거와 미래가 넘나드는
고독의 세월 속에
너만 내 곁을 지키고 있다

가뭄

먼 하늘
바라보는 눈빛

그리움에
까만 가슴만 목이 메어
마른 눈물 흘린다

야속한 청명함에
소나무 껍질처럼
찢어져 버린 아픈 마음

나 어찌 그대를
기다리지 않겠습니까
그대의 촉촉함 느끼고 싶다

만남은
이별을 향해 달려가는 것

단지

이별에 다다르기 전
가슴에
꽃을 피워 그 향기에
젖어 드는 것

꽃이 언제나 피고 지듯
너의 향기도
내 가슴에서 피고 진다

때가 되면은
겨울이 오겠지만
그때까지
너의 향기로 가득하고 싶다

윤진한

· 경남 진해 출생
· 경남대학교 졸업, 전 행정직공무원 근무
· ≪현대시선≫ 신인문학상수상 시 부문 등단
· 시와글벗문학회 동인, 현대시선 작가협회 회원
· 시와글벗문학회 동인지 제4집 『그대 올 때면』 공동저서 참여

시를 위한 시

그댄 아는가
시는 그리움이라는 것을
가슴이 아파야만
시가 나온다는 것을

애잔한 물소리가
가슴으로 흘러들어오면
시가 나온다는 것을

그댄 들리는가
가슴에 바람이 부는 소리를
그댄 보이는가
이 밤도 꽃잎 지는 것을

그대 꽃잎을 밟지 마세요
우리도 결국엔 꽃잎이랍니다

그대여

한 남자의 꿈

대숲 사이로 오막집이 보인다
그 남자처럼 작은 집이다
멀지도 가깝지도 않은 곳에
무릉도원이 보인다
하지만 늘 안개 속이다
험한 바위산 비탈에
향나무 두세 그루 보인다
하지만 너무나 높고 거친 곳이다
남자는 흐르는 시냇물에
다슬기 잡으러 들어갔다
하지만 맑은 물 깨끗한 돌에
정신이 팔렸다
여기는 산이 깊어
아무도 오지 않는 외딴 곳이다
하지만 그는 기다린다
외딴곳에 오는 사람을

산속의 세상이 좁으니
하늘은 넓다

산속의 골이 깊으니
하늘은 높다

파랑새

꽃에게 길을 물으면
꽃길을 가리켜줄까
인생길
무엇을 하면서 있어야 하는지
어디서 머물다 가야 하는지

새에게 길을 물으면
하늘 길을 가리켜줄까
나그네길
어떻게 살다가 가야만 하는지
그 곳엔 정녕 무엇이 있는지

한 치 앞도 보이지 않는
안개 같은 길
나침반도 없이 가는
막막한 이 길

바람 부는 날엔
꽃으로 피어나 서성이거늘

아,

파랑새는 어디에?

그리움 · 1

그리움은
가을을 닮아 있습니다

사랑의 결실을 맺고는
떠나 가버렸습니다

그렇게
생각나는 사람이 있습니다

그래서
가을이 오면 생각이 납니다

그리움은
별을 닮아 있습니다

언제나
저 먼 곳에서 반짝입니다

그렇게

생각나는 사람이 있습니다

그래서
별만 보면 생각이 납니다

그리움·2

호숫가 벤치에 홀로 앉아
먼 호수 바라보고 있노라니

우리의 세월
우리의 젊음
우리의 추억
우리의 사랑
우리의 기쁨
우리의 행복

그 모든 건
잠시 머물다 가는 거라고

호숫가 풀잎 위에서
어떤 귀뚜라미가 전해주네요

산다는 것이란
떠도는 부초와 같이
외로운 것이라서

인연이란 것도
파도가 치면
쉬이 부서지는 거라고

…그렇게,
사는 게 인생이라고…

…그렇게,
남는 게 그리움이라고…

흐르는 물결처럼

우리는 저기 저 흐르는 물결처럼
그렇게 갈 순 없을까

낮은 곳으로 좀 더 낮은 곳으로
저마다 모이고 모여
다 함께 기대여
앞서거니 뒤서거니
어울리며 뒤섞이며

함께 있음을 환호하며 출렁이는
물결처럼
길이 없으면 없던 길도
함께 만들어 헤쳐 나아가는
물결처럼

결코 탄식할 일 없는
여행을 떠날 순 없을까
하루 또 하루가 지날 때마다
함께 하는 동무가 늘어만 가는

결코 외로울 일 없는
여행을 떠날 순 없을까

하루에 또 하루를 더할 때마다
새로운 또 하나의 세상을 열어가는
결코 따분할 일 없는
여행을 떠날 순 없을까

깊이 더 깊이, 그렇게 그렇게
낮게 더 낮게, 그렇게 그렇게

사랑하고 감사하며
함께하는 여행이었으면
저 물결처럼 맑게 푸르게
흘러가는 여행이었으면.

한 번쯤은 벚꽃처럼

몽글몽글
한껏 부풀은
벚꽃은
연분홍빛 솜사탕
하얀 팝콘 마냥

달달한 유혹
비록 뻥튀기 꽃일지언정
이윽고 깡그리 사그라질지언정
네 꽃잎 위로
날아가고파

거센 비바람에
종말을 맞더라도
한 번이라도 뜨겁게
살 수 있다면

비에 흠뻑 젖으면 어떠리
바람에 날려간들 어떠리

미치지 않고 영그는
사랑이 어디 있으랴

깡그리 사그라질지언정
한번쯤은
불붙듯 피어나야 한다

하늘의 별보다도 더 높이
푸른 꿈
몽글몽글 피어 올려야한다

한·번·쯤·은
벗·꽃·처·럼

낙엽이 전하는 말

너
빨갛게 떨면서
그렇게 떨어질 거면서

나
노랗게 질린 채로
이렇게 날려갈 거면서

서로
왜 그랬니
푸르던 시절

꽃

꽃이 수줍은 듯 고개를 든다
하늘이 맑기를 기다렸다가

하늘로 하늘로
향하는 마음

비바람 몰아쳐도
어쩔 수 없어

별이 될래 별이 될래
별이 될래 별이 될래

속삭이며 꽃이 핀다
속삭 속삭 속삭 속삭

하늘로 하늘로
향하는 마음

들꽃 한 송이

가을이 저문다 길을 간다
들꽃 한 송이 본다
한 밤 세찬 바람을
한밤 시린 서리를
이기어낸

가을이 저문다 길을 간다
들꽃 한 송이 본다
한낮 메마른 바람을
한낮 따가운 햇살을
견디어낸

가을이 저문다 길을 간다
들꽃 한 송이 본다
한밤 달빛에 젖어서
한밤 별빛에 젖어서
빛바랜

가을이 저문다 길을 간다

들꽃 한 송이 본다
모든 것 훌훌 털고
가벼워진 고개 내밀어
바람 불면 날아가는

알 듯 말 듯
미소 짓는
들꽃 한 송이

코스모스

가을 들녘에서
뭐가 그리 좋은지

한들한들
흔들흔들

첫사랑 그 소녀처럼
알록달록 치마 입고

이리 보고 실룩
저리 보고 실룩

첫사랑 그 소녀는
이 하늘
뭉게구름 세상

어디 메서
한들한들 살고 있을까
아직도

티 없이 파아란 하늘

보고 있을까

장영순

· 아호 : 효설
· 2015년 ≪시와수상문학≫ 신인문학상수상 시부문 등단
· 시와글벗문학회 동인, 시와수상문학작가회 편집이사, 한국문인협회
  시분과 회원, 하나예술원 꽃뜰힐링시 낭송협회 우수회원, 한국문학작
  가회 정회원
· 공저 : 시와글벗문학회 동인지 제4집 『그대 올 때면』, 서정문학 동인지
  『한국대표서정시선7』, 한국문학작가회 동인지 『꾼과 쟁이8』, 현대시선
  문학사 동인지 『꽃잎편지』

그대의 문

불꽃

마음 꽃

여름 꽃과 나

그림자

벗에게

꽃 중의 꽃

능소화

달

영원 속의 사람

임 말씀 꽃

그대의 문

콩닥콩닥 가슴은 알아요
사랑한다는 것을

내 사랑 오가는
가슴의 문으로
곧게 닿아 있어요

세상에 열리지 않을 문
하나 없다는데
어찌 이리 더딘지

그러나 알아요
응답하실 것을
간절한 내 마음 요동치니
그대는 영원한 나의 신기루

불꽃

바보입니다.
그대밖에 모르는

다른 이 못 보고
오직 그대만

설레며 불타올라
내가 무엇인가요

가슴에 묻힌 꽃씨
영원할까요

마음 꽃

녹음이 짙으니 꽃다 져도
심중心中에 꽃은 연신 피네

그 꽃노래 새어 나오는 날은
더 보고파라 그대

궁금하여라.

그대 뜰에는 또
어떤 꽃들이 피고 있는지 하여

여름 꽃과 나

초목의 저 열정은
오랜 여름 볕에도 아랑곳하지 않고
감동을 주며
이룰 수 없는 꿈을 간직하게 하고
그 속에서 인내가 피어난다

보아라
가녀린 꽃이라고 무시하지 말라
꽃도 벼 옆에서 견디지 않는가

평온한 이른 아침
아이들 곤한 숨에 지은 밥이 뜸 들고
여름은 팔월 중순을 달리는데
아직 가을은 먼 곳에 있는가

아침저녁 신선한 바람 부는 처서인데
아열대 뜨거움만 나의 애를 끓이네

그림자
- 실루엣

짧지만 그 사랑을
옛 시간의 갈피에 끼워 놨기에
그 시간을 펼치면
그때의 그대가 그대로입니다

가만히 입술 떼어
살짝 그 이름을 불러 보지만
아, 저 하늘 혼란스러울까
오늘의 시간으로 돌아옵니다

허한 세월을 시냇물에 띄우듯
그대 못 돌이킬 운명이기에
먼 산 어디에 추억으로 내리고
찬 가을 낙엽들로 덮었습니다.

벗에게

가을이다
아프지 말자

햇볕은 따스하고
갈 길은 아직 멀다

열흘 붉은 꽃 없으니
힘들면 쉬어가자
아직 우리의 날들
쓸 이야기들 가득 있지 않은가

앞으로도 가야 한다
길이 막히면
풀숲을 헤치며

이슬에 젖기도 하고
바람도 맞으며
추적추적 외로운 길을
걸어가야 한다

육신이 흙이 되는 날까지
우리 영혼이 지치지 않게

꽃 중의 꽃

내 마음에 아린 꽃들
강건하여 쉬 시들지 말라
조각 하늘 보이는 창 좁은 자리
삶의 진행에서 몸부림친 꽃들이여
너희를 위한 한 줌의 흙
그 생활이 신성하니
연약한 뿌리를 깊이 박아라
그 존재의 가치를
진한 향기로 충만하여라

보라, 저 밤하늘에 별들
보라, 저 내와 강과 바다의 생명
그리고 느껴라
너희를 스치는 고마운 바람과 비를
어찌 사람이 꽃보다 못하랴
어찌 꽃이 사람보다 나으랴
꽃이라 꽃이라고 위안으로 삼는 자여
소리 없이 잠도 없이 너희를 보살핀 자
그가 보시기에 너희가 보석일세

땅의 침묵을 알고 사는 자들이여
땅의 습함을 먹고 사는 자들이여
땅의 온기로 피어나는 자들이여
그것을 키워 한껏 하늘을 떠받든 자들이여
보라, 너희의 당당함을
보라, 너희의 기상을
색색으로 치장한 꽃
그대들이 꽃이려니
그래서 저 하늘을 쪽 틈에서 보아도
그래서 이 세상 다 알지 못해도
그대들 마음이 꽃을 닮으려 하니
이러한 그대들을 누가 보아줄 것인가
오직 자연만이 그대들을 알리라
꽃이여, 꽃이여, 꽃이고자 하는 이여.

능소화

임 언제 오시려나
잎 쫑긋 발그레 꽃잎과 긴 줄기로
한없이 기다림을 배우고 있네

깊은 밤에 지핀 가슴
낯선 이국異國에서 잠 못 이뤘나
그 임은 오늘도 어떤 꽃에 노닐꼬

저어기 숨은 발걸음 소리
지금은 어디 가고 새 아침이 왔나
꽃마다 놀란 듯 고개 들었다.

달

호기심 달이
까만 휘장 속으로 얼굴을 디밀었다

세상은 아직 깜깜하구나

달이 뿌린 빛으로
세상은 환해진다

영원 속의 사람

오!
비바람에도 흔들림 없이 빛을
주는 태양아

언제였든가 누가 말했지
그 누구를 은은한 별 무리
은하수와도 안 바꾼다고

오가는 인연 속에 이제
갔거니 하면 아직 빛나고
가려니 하면 그 자리인 그대여

첫 마음 한 결로 지켜 가는
불멸이어라

그 빛을 비추어다오.

임 말씀 꽃

꽃이 진다
어쩌랴, 저 얄궂은 세월
나이 들어 피어난 수심愁心

비어가는 가지
남은 꽃잎 눈부신데
이 가슴 꽃은 지레 지는가

더 사랑을 기울이면
그 고독을 버텨줄까
안쓰러운 마음아

내 꽃이여 지지 말고
온 마음 이 곁에
머물러 다오.

정상화

· 아호 : 봄결, 울산 울주 배내골 출신
· 전) 부산 한샘학원 국어강사, 울주군 주민자치협의회 회장
· ≪대한문학세계≫신인문학상수상 시부문 등단
· 시와글벗문학회 동인부회장, 대한문인협의회 정회원, 문학愛작가협회
  정회원
· 저서 : 시집『스스로 피어짐이 아름다운 것을』,『산다는 것은 한 편의 詩』
  와 시와글벗동인지 제1집『그대라는 이름 하나』, 제2집『문장 한 줄이
  밤새 사랑을 한다』, 제3집『말의 향기』, 제4집『그대 올 때면』이 있으며,
  문학愛[통권] 여름 가을, 문학愛[5차]『문학愛 가을 향기품다』가 있음

인생은 물처럼 흐르는 것이다

꽃 진 자리 사랑

탯줄의 흔적

어린 모의 인연

건드리지 마라

자연의 가슴은 깊다

작은 떨림으로 살자

생명의 바닥이 보일 때

작은 소망

열매숨기

멋진 인생

인생은 물처럼 흐르는 것이다

깊은 사랑으로 잉태한 물이
계곡을 타고 흐른다
흙으로 둘러싼 웅덩이에 고여
넘치면 다시 흐르고
바위를 만나면 에둘러 흐르고
발자국 위에는 발자국 모양으로
세모 네모 동그라미 생긴 대로 순응한다
한 방울 두 방울 모여 그릇을 넘어서고
어떤 가로막음도 뚫고
가다가 갈증도 들어주고
물은 지상에서 가장 부드럽고 강한
어무이 인생처럼 흐르고 있다

수술실 누워계신 어무이 심장에서
나의 심장으로 이어진 탯줄을 타고
생명수가 흐르고 있다

꽃 진 자리 사랑

살아가면서
웃음 나는 순간은 하하
눈물 나는 순간은 펑펑
현실을 피하지 말고
웃고 울며 가슴 떨리는 순간을
꾹꾹 눌러 쓰면 시가 된다

가슴 몽그라진 깊이만큼
아름다운 향기를 만들고
타인을 이해할 수 있음에
언제나 당당하게 낮은 마음으로
옷을 벗어야 시가 된다

땀 흘려 일하고
어려운 것들 포기하지 않고
진실 위에 진심의 눈으로 세상을
바라보며 삶을 즐길 때
아름다운 시가 된다

왜
어렵게 쓰는지 모르겠다
비틀고 숨겨서 읽고 읽어도
아리송한 울림 없는 시를

봄바람에 꽃 피우듯
갈바람에 단풍들 듯
울고 웃는 가슴으로
그렇게 사는 거야
그렇게 쓰는 거야

탯줄의 흔적

농로에 뽀얗게 솟은 감꽃
트랙터 발로 짓이겨져 떫은
피 냄새가 난다
어머니 감나무 아래서 감꽃을
바늘에 꿰면서 흐느낀 사연은
무엇이었을까
허기진 배 말라비틀어진 감꽃을
주워 씹는 나에게 말없이 감 목걸이
걸어주셨던 어머니
말라버린 배꼽은 감 끝에 매달려
떨어지지 않으려 안간힘 쓰지만
꽃 피운 흔적조차 잊혀간다
가난의 굴레 속에 허우적거리다가
혼자서 움직이는 의지마저
말라가니 작은 바람에도 떨어질까 두렵다
말라버린 탯줄이 뻐꾸기 울음 되어
쏟아진다

어린 모의 인연

이앙기에 남겨진 어린 모가 불안에 떨며
애처로이 나를 바라보네
부직포 아래 싹 틔운 결실의 꿈이
모판에 흐르다 남겨진 끝 조각
트랙터 오르다 뒤통수 간지러워
어린 모 빼 들고 논 귀퉁이 심으니
살랑이는 미소가 얼마나 이쁜지
가끔은 기다림도 사랑이 되고
눈물도 사랑이 되는 것을 가르쳐준
어린 모의 가슴엔
꿈이 흐르고 기쁨이 흐르고
때론 눈물도 아픔도 흘러 가을바람을 맞이할 거야
못 본 척했으면 말라버렸을 꿈

건드리지 말라

호밀 베어낸 논
물 잡기 위해 논두렁을 깎는데
예취기 칼날 향해 대가리 처드는
독사 한 마리
얼마나 놀랐는지
요놈을 어쩔까
칼날을 가까이 가져간다

목을 잘라 버릴까 말까
망설이다
삶의 운명을 타고난 놈
그냥 몰랐으면 가루가 되었을 텐데
운 좋은 놈
칼날을 멈추고 돌아서며
"잘 가라" 한 마디 남긴다

우리네 삶도 때론 저렇게
어느 순간 갑의 마음에 따라
삶과 죽음이 갈라진다

작은 생명 하나라도 존재 이유
있음에 소중히 할 일이다

독사라는 놈
건드리지 않으면 물지 않는 법
사람의 부주의로 밟거나
스치면 살려고 발악하는 것
죽음의 위협 속에서 살려는
정당방위일 뿐이다

자연의 가슴은 깊다

타는 가슴으로 가뭄의 긴 순간을
견뎌낸 벼들이 쏟아지는 빗줄기를
향해 온몸을 맡긴다
얼마나 기다렸던가
만남의 순간에 포개진 가슴이
감미로운 사랑으로 치를 떤다
자연은 이렇게 속내를 드러내지 않고
완성의 순간에만 실체를 나타낸다
위대한 걸작이 단 한 번에 완벽함으로 다가오는 것이다
때가 아니면 침묵하는 깊고 깊은
자연의 가슴
미완으로 각인된 어설픔으로
완성의 소중함을 묻어 버리지 않는
자연의 속내
어떤 일이나 완벽하기 전에는
아무것도 아님을 경고한다
농부는 자연의 속삭임 속에
물꼬를 조정하며 가을의 완성을 꿈꾼다

작은 떨림으로 살자

행복은 어디 있을까
지난 시간 곱씹어 밤을 지새워도
오지 않은 내일에 가슴 부풀어도
행복은 아니야
과거를 바탕으로
미래의 꿈을 향한 노력은
삶의 과정일 뿐
머릿속에 복잡한 생각을 담고
뒤뚱거리지 말고
눈길 닿는 곳에 마음을 모으면
찰나의 떨림이 시작되는 것
행복은 지금 이 순간에 있는 게야
두 손 맞잡고 따스한 눈길로
바라보는 그 순간을 느끼는 게야

생명의 바닥이 보일 때

논 뒷 도구에 증발되어가는
남은 물기를 붙잡고 생명을
구걸하는 올챙이
뽈록한 배 꿈틀거리며 콧구멍을
뻘름거린다

꼬리를 흔들수록 죽음의 수렁으로
빨려 들어가니 터져 나오는 뒷다리의 꿈도
문드러져 으깨 저 간다

바닥이 보인다
쌀 단지 생명 죽음 존재 사랑
밥그릇의 밑바닥이 보일 때처럼
서글픈 순간이 있던가

이앙기를 멈추고
삽날 위에 올챙이를 쓸어 담아
도랑 깊은 곳에 담그니 수십 마리
엉무구리 영혼이 뿌룩뿌룩 기쁨을 삼킨다

새벽을 쪼아대는 뻐꾸기 울음이
뱁새 둥지를 훔치고 있다

작은 소망

사랑이란
이름으로 곱게 다가온 인연
서로의 가슴에 씨앗 하나 심어
물주고 벌레 잡아
아름다운 꽃 피우게 하소서

숨이 멈추는 순간까지
아끼지 말고
미루지 않고 사랑하게 하소서

눈 뜨는 순간 서로를 바라보며
기쁨으로 입맞춤하며
행복한 하루하루가 되게 하소서

봄날 갓 피어난 상추쌈같이
고소하고 아삭한 삶 이게 하소서

열매솎기

따스한 봄날 꽃 피워
사랑하기 좋은 순간 속살 비벼
동그란 열매 만들었다

치솟는 날카로운 가지와
뻗어가는 바늘 같은 뿌리가
만들어 낸 장력으로 완성된 열매

다섯 개 나란히 사랑스러운 데
하나만 남겨야 하는 갈등
떨리는 손으로 꼭지를 따버린다

툭 떨어지는 영글지 못한 탄식
약한 가지에 품을 수 없는 아픔
버려지므로 남겨진 충실한 완성

배나무 가지 위한 편의 걸작
눈물로 써야 하는 농부의 시詩가
탐스럽게 웃고 있다

멋진 인생

널미산 나물 찾으며
불어오는 시원한 바람에
삶의 무게 날려버리고
한 마리 순한 양처럼
취나물 삿갓쟁이 미역추 고사리
부지깽이 까막발이 쫓아
즐거운 콧노래 부르며
눈을 들어 두릅도 따고
향기로운 재피 잎도 따니
연록 잎새가 가슴으로 들어와
이순耳順의 나이마저 지운다
사는 게 이런 거지
진실을 방패로 거짓을 감춘
부귀보다
힘들고 거짓 같은 삶이지만
기쁨으로 꿈틀거리는 소박한 삶이
행복일 수 있는 게야
때론 상처도 아름다울 수 있기에
아파도 사는 게야

우리네 삶은 복사본이 아니고
날마다 새롭게 쓰는 살아있는
경전이기에
가슴에 사랑하나 심어 두고
들로 산으로 내달리며 쓴맛이
단맛이 될 때까지 씹는 거지
그렇게 사는 거지

시와글벗문학회 창작마당 우수작

지나쳐 버린 가로수
머물지 못한 바닷가
은하수 넘나든 밤하늘

시린 손 정겹게 잡아나 줄 것을
가는 길 쉬며 바라보게 할 것을

시인

잠이 들 때도 두 귀는 열어두지
행여 찾아올지 모를 그 한 줄의 언어
그저 지나 쳐 버릴까 두려워

수천수만 개의 꽃망울을 맺고도
쉬이 만개하지 못하는 날들
우주가 불러주는 노랫소리 쓰고 싶어

일렁이는 바람
꺼질 수 없는 영감을 붙들고
젖은 심장을 닦고 또 닦는 그대
언제나 가슴속 두 귀는 열어두지

한예인
울산대평생교육원 시창작과 수료
시와글벗문학회 회원

봄

겨우내 구겨지고
축축해진 마음
긴 바지랑대 높은 봄볕에
곱게 펴 걸어놓고

고단한 일상
켜켜이 쌓였던 근심 보따리
봄바람에 풀어 훌훌 날려 보내고

높은 언덕배기
환한 복사꽃 살구꽃 길 따라
나이는 가라 고운 옷 갈아입고

정정록
라벨제조업 자영업
시와글벗문학회 회원
시와글벗 제7회 시짓기콘테스트 우수작 선정

사뿐사뿐

살랑살랑

봄 마중 가야겠네

행여나 재 넘어 옛 임도 오시려나

애벌레의 꿈

암수 나비 한 쌍
황홀한 순간은 수컷의 생의 종말

산란의 기쁨은 암컷의 축복
알알이 영그는 애벌레 삶이네

네 번의 세상을 파괴하는
고통을 인내로 감내하고

아름다운 나비로
꿈꾸던 세상에서 날갯짓한다

모든 존귀한 생명은 용트림으로

한명희
시와글벗문학회 회원
유화·수채화·파스텔화 활동, 교회 악기연주활동
시와글벗 제6, 8회 시짓기콘테스트 우수작 선정

완벽한 생명체로 이루어지듯

우리의 삶 하루하루가
애벌레의 삶과 같은 것

힘든 고갯길
넘고 넘으면

철따라 피는 꽃밭에 앉아
달콤한 꿀 향에 취해 보는
세상을 살아 보지 않을까

차릴 수 없는 밥상

아버지 밥공기는 산을 이루고
어머니는 그 산에 한 번의 평지도
허락지 않으셨다

어린 딸은
아버지 밥그릇 넘겨보며
철없는 잡곡밥 흘리고

다디단 쌀밥 한 숟가락
누구에게도 줄 수 없다
탁한 숭늉엔 양심도 비추지 않았다

별미가 된 잡곡밥 먹는 날

김진희
노인요양시설 근무
시와글벗문학회 회원
시와글벗 제6, 9회 시짓기콘테스트 우수작 선정

옛이야기에 추억도 넘기고픈 데

가신 이의 못 오실 길엔

사무치는 그리움만 녹음으로 짙는다

후회

기억 저편
망토 감춰 건네준 사랑인데
가시넝쿨 빨간 딸기라도 열렸나
햇볕은 따갑게 내리쬐는데
눌려 처진 등 가여운 그대여

지나쳐 버린 가로수
머물지 못한 바닷가
은하수 넘나든 밤하늘

시린 손 정겹게 잡아나 줄 것을
가는 길 쉬며 바라보게 할 것을

오필선
시와글벗문학회 회원
시와글벗문학회 제10회 우수작선정

초라한 등줄기 떨어낼 눈물
그대 앞섶에만 어른거리고
미안함도 민망해 고개 감춘다
그대여!
어떤 삶을 살고 싶은가?

홍매화

눈보라 속에서
분홍빛 치마 입고
피어나는 홍매화

꽃샘바람
그대 옷깃 흩트려 놓아도
끝내 봄은 찾아들고

봄볕 나른한 양지 가에
졸고 있는 아이들의
소곤한 봄 이야기

나영식
시와글벗, 풍경문학, 예촌문학, 시마을 회원
문학활동 : 풍경문학 시발표, 시화전 참여
시와글벗 제6, 12회 시짓기콘테스트 우수작 선정

돌담 가지 넘어와 방긋 웃는
매화 향기의 그윽함
좋은 계절 아닌가.

봄아

낯달 사이
파아란 바람개비 돌고
새싹들 물올랐네

쑥 빛 머리핀에
여민 가슴 단추 풀고
새 신 신고 뒤꿈치 들어
사뿐사뿐

짧은치마의 노란스카프
한 걸음, 두 걸음 가까이

전승희
신구대학 졸업.
스튜디오 운영
시와글벗문학회 회원

너도 보고, 나도 보고
눈 맞아 불꽃 튀네

콧노래 부르며
어깨 춤춘다

시와글벗문학회 동인지 제4집

그대 올 때면

초판 1쇄 인쇄 2017년 08월 11일
초판 1쇄 발행 2017년 08월 17일

지은이 강시연·김맹한·김혜정·선중관·오광진·윤진한·장영순·정상화
펴낸이 김양수
표지 본문 디자인 곽세진   **표지 캘리그라피** 선중관

펴낸곳 도서출판 맑은샘   **출판등록** 제2012-000035
주소 (우 10387) 경기도 고양시 일산서구 중앙로 1456(주엽동) 서현프라자 604호
대표전화 031.906.5006   **팩스** 031.906.5079
이메일 okbook1234@naver.com   **홈페이지** www.booksam.co.kr

ⓒ 선중관 외 7인, 2017

ISBN 979-11-5778-233-8 (03800)